AU PROFIT DES OUVRIERS SANS TRAVAIL
DU HAVRE.

# ALCAZAR

ET

## CASINO,

FANTAISIE,

PAR

ÉDOUARD ALEXANDRE & P. GIRAUX,

du Havre.

Sultan, ouvre ta mosquée...
*(page 14).*

PRIX : 30 CENTIMES.

HAVRE,
IMPRIMERIE A. MIGNOT, RUE DE L'HOPITAL, 16.

1863.

AU PROFIT DES OUVRIERS SANS TRAVAIL

DU HAVRE.

# ALCAZAR

ET

# CASINO,

FANTAISIE,

PAR

## ÉDOUARD ALEXANDRE & P. GIRAUX,

du Havre.

Sultan, ouvre ta mosquée...
*( page 14 ).*

**PRIX : 30 CENTIMES.**

HAVRE,

IMPRIMERIE A. MIGNOT, RUE DE L'HOPITAL, 16.

1863.

Havre. Imp. A. Mignot.

Amis lecteurs, qui tenez la brochure,
Lisez, de grâce, et soyez indulgents,
Censurez peu notre littérature,
Avant, plutôt, voyez sous l'écriture,
« Zèle et pitié pour tous les indigents. »
Alors, messieurs, notre petit volume
Retrouvera, par l'estime abrité,

En chaque cœur, du moins on le présume,
Près bon accueil pour notre pauvre plume

Cherchant à faire acte de charité.
Amis, voilà le but de notre ouvrage,
S'il est atteint, à ses vœux rendez-vous...
Indigne-t-il l'esprit de certain sage ?...
N'importe... puis, — voyez le grand dommage, —
On le vend cher... je crois bien... quelques sous !
SARRASIN.

# CHAPITRE I<sup>er</sup>.

## Hier et demain.

### LE CASINO.

Eh ! fort bien, très cher, comme tu te dresses pimpant et coquet ! Tu grandis en taille chaque jour. L'œil du curieux ou du flâneur te contemple avec amour. Partout on te prédit succès. La sympathie entoure ton berceau, fils de la vogue ! Mais il me semble que tu n'as rien fait encore pour mériter tant d'honneur. La nouveauté qui, à la vérité, est souvent cousine du progrès, t'a engendré. Il n'y a pas matière à t'enorgueillir. Tu ne m'écoutes pas, je le vois bien, à peine me fais-tu l'honneur de tourner un peu la tête de mon côté, et pourtant je veux ton bien. Allons, prends ton essor, orne tes panneaux, dore tes salons, enlumine-toi, sois recherché comme une odalisque, enguirlande-toi avec soin et..... laisse-moi mourir !

## L'ALCAZAR.

— La douleur t'abuse, ô mon cher Casino. Je ne suis pas aussi fat que tu veux bien le dire. Ton chagrin me touche. Que veux-tu : *en avant*, tel est le mot d'ordre du jour, le grand cri du dix-neuvième siècle. On me décore, on me fait fête, la vie m'apparaît avec des charmes... et je ne suivrais pas *le drapeau du progrès !*

Et puis, tu te fais vieux, crois-moi, prends du repos. Tu n'as guère que deux ans, dit-on... er-

reur, tu vivais sous un autre nom avant 1861 ;
au lieu de chanter, tu dansais. On m'a lu ton his-
toire. Couche-toi donc tout doucement dans le
tombeau de l'oubli ; puisse la terre être légère à tes
os, comme disent les orateurs. Je viendrai visiter
tes mânes, ô Casino-Lyrique, que le royaume de
Pluton te soit propice ! Pour t'égayer en ce sombre
lieu, les chants de l'Alcazar parviendront jusqu'à
toi. Casino, drape-toi dans ton linceul. Par dé-
férence, je te permets de publier tes mémoires
avant de quitter le sol havrais.

# CHAPITRE II.

## Histoire de compère Casino, racontée par lui-même.

### I.



Je n'ai point toujours servi de volière aux rossi-
gnols. Jadis je me nommais PRADO. Par un hasard
que je ne saurais expliquer, mon second parrain,
ami comme le premier des contrées où naquirent
les beaux arts, m'appela CASINO. Changeant d'état,
je dus modifier mon nom. Après avoir sacrifié
à *Terspsichore,* et honoré cette déesse qui lève
bien la jambe, j'ai encensé *Euterpe.* En d'autres
termes, j'ai abandonné *la danse* pour *la musique,*
*le tohu-bohu* pour *l'harmonie, le cancan traditionnel*
pour *le chant populaire, la gymnastique* de Rigol-

boche pour *la poésie* de Béranger. En devenant vieux le diable se fait ermite.

Il y aura bientôt trois ans, je rajustai ma ceinture. Sept ou huit ans de cabrioles échevelées l'avaient passablement dénouée. Je me transformai au physique beaucoup, au moral un peu. Le 3 mars 1861, je fis afficher dans tous les carrefours de la bonne ville du Havre la nouvelle de mon changement de conduite. Tout passant, tout promeneur put lire :

« Compère *Prado*, ennuyé de son genre de vie,
» et blasé sur la joie, informe le public et ses amis,
» qu'il a désir de devenir musicien et de transformer
» son enceinte, naguère chamarrée de danseurs de
« toute condition, en un temple lyrique. Les murs
» et les portiques de l'établissement s'élèvent comme
» par enchantement, on dirait Thèbes se bâtissant
» au son de la flûte. Compère Prado a recruté des
» artistes de mérite, à l'effet de s'instruire en char-
» mant ses ex-habitués qui ne l'abandonneront pas. »

**PREMIÈRE TROUPE. — 1861.**

MM<sup>mes</sup> MALIDOFF, forte chanteuse;
Elisabeth HELLOUIN, chanteuse légère;
PRAULT, chanteuse comique;
LOUISA (romances);

MM.  Leherilier, comique ;
  Pingeon, baryton.

ORCHESTRE.

MM.  William Levey, pianiste, chef d'orchestre ;
  Achille, premier piston ;
  Dumont et Macquière.

## II.

### Premiers pas.

Paris, ce grand scélérat civilisé, m'avait un peu trompé. Mes maîtres n'étaient point très forts. Je résolus d'en changer quelques-uns et ne m'attachai qu'à William Levey, compositeur distingué qui fait encore chaque jour, comme chef d'orchestre, la joie du public et mes charmes. Je dois une mention honorable à M. Achille, piston. M^me Malidoff avait pu dans son jeune temps être quelque chose, mais des ans elle avait subi le ravage. Les marchands de sifflets ont seuls pleuré son départ, disent les méchantes langues. *Le Punch Grassot* fut un succès pour M. Lehérilier, chanteur comique assez bon. M. Pingeon n'était pas un mauvais baryton.

## III.

### Tribut de reconnaissance.

Je terminerai l'examen de mes premiers pédagogues en parlant un peu de mon cher William

Levey. En Casino bien élevé, je lui dois ce tribut de reconnaissance.

William Levey est un compositeur fort estimé. Son père, chef d'orchestre au grand théâtre de la Reine à Dublin, occupe un rang distingué dans les arts. La société Madrigal de Dublin a médaillé M. William Levey, qui a obtenu d'elle un premier grand prix de piano. Valses, fantaisies, opérettes et opéras, les talents de M. W. Levey ont été couronnés de succès dans ces différents genres, sur lesquels il s'est exercé de jeune âge. Les principaux morceaux dûs à sa composition sont :

| Fantaisies. | Valses. | Opérettes. | Opéras. |
|---|---|---|---|
| Marguerite. | Margot. | Nazarille. | Claude. |
| Supplication. | Félicita. | La Lune et le Soleil. | Fanchette. |
| Galops, etc. | Près d'elle. | M. Plumichon au bal. | |

## IV.

La Prêtresse de la gaudriole.

Allures vives, entrain, poses naturelles, voix agréable et diction facile : à ces qualités qui ne reconnaîtrait M<sup>lle</sup> Irma, excellente chanteuse comique. A son arrivée, je subis une transformation réelle. Modestie à part, je commençai à devenir quelque chose. Mes soirées eurent de l'attrait. M<sup>lle</sup> Irma avait un répertoire un peu trop léger, et je ne crois pas mentir en lui décernant le nom de *prêtresse de la gaudriole.* Il est bon de rire, mais M<sup>lle</sup> Irma, disent même ses amis, avait des gestes qui laissaient à désirer à dame morale. Ses lazzis blessaient même des oreilles peu sensibles. La gaminerie lui a dressé dans son cœur un autel. Le chant du *Mirliton* fut pour elle une création au Havre.

V.

Un archet correcteur.

Je devenais frivole à l'école de cette comique, frappant sur mon âme, l'archet sympathique de M. Richard Levey, en me rappelant vers la région du beau, me fit grandir dans l'esprit du public.

L'extase et le sublime ne peuvent être continus pour l'homme, encore moins pour un ex-folichon comme moi. J'appelai à mon secours un charmant comique. J'avais besoin de rire. Honneur à Charles, dont le public a compris le mérite, et qui m'a fait faire de copieuses recettes.

VI.

Un couple bien assorti.

On doit recevoir l'instruction par tous les organes. M. et M<sup>me</sup> Bowers, en parodiant l'Angleterre par leurs scènes pleines de verve, m'ont souvent charmé. Gracieux couple que le public havrais applaudira toujours avec bonheur, hirondelles dont j'ai salué le retour, voyagez, agrandissez le répertoire de vos chants risibles, mais n'oubliez jamais les mains qui vous attendront toujours au Havre pour vous fêter de leurs battements sincères.

## VII.

### Un Rossignol.

M<sup>lle</sup> Louisa Legrix a fait le charme de mes soirées. Le timbre de sa voix m'a vivement ému. Ses vocalises ressemblaient à des symphonies d'oiseau.

Né dans la gaîté et le tourbillon de la bohême, j'ai conservé mes habitudes de folie et d'extravagance ; néanmoins, la fraîche voix de M<sup>lle</sup> Louisa m'a souvent attendri. J'ai souvent polké sur le sentiment, et pourtant M<sup>lle</sup> Legrix avait dans son récitatif gracieux quelque chose du frôlement des ailes d'un ange, qui m'a souvent ému, je vous l'assure. O illusion !... elle avait aussi du diablotin ! Voilà pourquoi je suis toujours folichon.

## VIII.

### Casino patriote.

L'Italie en tout conserve quelque chose de son ciel à la fois chaud et doux. Un humble Casino comme moi ne peut se permettre de longues digressions sur le royaume de la musique. Je me bornerai donc à dire que les chants de l'Italie sont pleins de suaves frémissements lors même qu'ils expriment d'énergiques sentiments. L'Italien est ardent, révolutionnaire par nature et a de brûlantes artères; mais, malgré cela, contraste frappant, sa voix et sa langue ne cessent d'être tendres. La *Marche de Garibaldi* a fait fureur au café-concert et des triples salves de bravos rappelaient chaque soir MM. les mandolinistes. Ce cri de liberté était à la fois sentimental et entraînant; on ne pouvait résister à l'élan, l'électricité formait un courant continu, les pieds battaient la mesure, les yeux se tournaient attentifs vers les exécutants, un délirant enthousiasme montait à toutes les têtes, la foule criait, hurlait ses rappels !

## IX.

### Mes bons amis.

M^me Saintes, chanteuse comique, appréciée et applaudie du public, M^lle Adrienne, gracieuse chanteuse légère, digne émule de M^lle Legrix, et la famille Escudero, qui bientôt doit revenir, forment un charmant groupe auquel je décerne le titre de bons amis. Alcazar, je te livre mes pénates, que chez toi l'amitié du public les suive.

*Le Pied qui remue*, chanson en vogue, interprétée par M<sup>me</sup> Saintes, a plus d'une fois ébranlé la salle, qui éclatait en bravos.

Il en est de même pour *Crocfer*, duo comique chanté par M. Gastineau et M<sup>lle</sup> Adrienne.

M<sup>lle</sup> Marguerite fait beaucoup rire dans l'*Héritage de m'n'oncle*. Ce morceau est très original.

## X.

### Erratum.

Je dois un souvenir et des excuses à M. Lauton-Mazurini. Sa voix était faible, mais il nuançait ses phrases avec un goût exquis. Comment se fait-il qu'il soit devenu grand ténor à Rouen et que je n'aie pas apprécié tout son mérite.., moi et la foule... *mystère, énigme !*

*Mille trillions de propriétaires, sac à papier !...* ah ça, mais je perds donc la tête sur mes vieux jours. M. Pacra, inimitable comique que j'oubliais ! Que de fois n'ai-je pourtant pas tenu mes côtes en l'entendant dire son *Diogène à la recherche d'une Femme*.

Et M<sup>lle</sup> Aline, ce charmant gandin-femme, cette coquette en habit noir, cette reine du gilet fashion ! je ne la citais pas... *Si grand'mère le savait*.

Mais, en vérité, je suis fou. Que voulez-vous, c'est le chagrin qui m'égare. Avant de faire mon paquet,

je ne puis cependant manquer aux usages et m'abs-
tenir de faire la révérence, avec courbe de rachis, à
MM. Hector Saintis, artiste hors ligne ; Gastineau,
Constant, Henry et Boyreau, artistes aimés.

Puis, faisant de mes souvenirs un bouquet, j'en
offrirai les fleurs à MM$^{mes}$ Faure, forte chanteuse ;
Berthe, Marguerite et Nidja. Sans façon, je me per-
mettrais bien de déposer un baiser sur leurs mains
blanches..... ah !... encore une erreur, Nidja les
avait noires.

Sur ce, Caron, approche ta barque ; nautonnier,
prépare tes agrès.

CONCLUSION.

J'ai sans doute oublié bien des noms, me bornant
à parler des plus distingués de mes professeurs. A ton
tour, splendide Alcazar, profite de mon expérience ;
sultan, ouvre ta mosquée, je te lègue mes principes,
modifie-les, hérite de mes conseils, mais grandis.
Que sous ta voûte élevée, le cœur du peuple ne se
rapetisse pas, dis de beaux chants, moralise en
faisant rire, choisis ton répertoire, que l'artisan
puisse parfois s'attabler dans ton palais ; respect aux
mœurs, si tu veux vivre.

. . . . . . . . . . . . . . . . . . . . . . . . . . .

« PLUTON, roi des Enfers,
» Aux mortels, SALUT.

» Le Tribunal du sombre lieu, séant aux entrailles de la terre, *sur les rives du Styx,*
» A rendu le jugement suivant :

« Messire Casino, après avoir comparu devant la
» Cour infernale, a été, de l'avis de tous les juges,
» renvoyé sur terre.
» Il aurait apporté la perturbation dans le royaume
» des Morts. Il est encore trop vert et guilleret pour
» hanter le sombre lieu.

» Par ces motifs,

« Pluton et sa cour somment messire Casino de
» repasser l'Achéron, l'autorisent à revenir à ses
» habitudes premières, et à se transformer en salle
» de bal.
» Ainsi jugé aux portes du Tartare.

PLUTON.

» Pour copie conforme,

MERCURE.

» Insinué et revêtu de notre griffe,

« CERBÈRE »